둘리, 고길동을 부탁해

둘리, 고길동을 부탁해

아기공룡 둘리 원작

열림원

뿌리를 박고 서 있는 과일 나무는
항상 두 팔을 벌리고 있죠.
온갖 새가 날아들고
때가 되면 열매도 맺어요.
그런데 누가 알까요?
열매를 맺기 위해 나무는
비바람을 견뎌 내고
가문 날 뜨거운 태양에 허덕인다는 것을요.

안녕. 내 이야기 한번 들어 볼래요?

난 깐따삐야 별에서 온 도우너예요.

지금은 지구에서 기나긴 여행 중이죠.

사실 난 여기에 오고 싶어서 온 게 아니에요.

원래는 온따삐야 별로 가는 중이었어요.

그런데 뜻밖에도 내가 탄 우주선이 고장나 버렸어요.

떠난다는 건 원래 변수가 많으니까요.

하지만 불시착이라니! 이건 너무하잖아요!

처음엔 정말 당혹스러웠어요.

당장 잠잘 곳도 문제였어요.

그때 둘리를 만났어요.

둘리는 처음 보는 내게 이렇게 말했죠.

"너 참 이상하게 생겼다."

우린 서로 이상하게 생겼다고 말했어요.

하지만 서로를 밀어내거나 경계하지는 않았어요.

우린 '이상하게 생긴 상대'를 있는 그대로 받아들였지요.

그래서 그 자리에서 바로 친구가 될 수 있었어요.

둘리는 내가 지구에서 수만 광년이나 떨어진

깐따삐야 별에서 왔다는 말을 아무 의심 없이 믿어 주었어요.

그땐 몰랐지만, 그 믿음은 사실 대단한 것이었죠.

둘리가 아니었다면 둘리의 애완동물인 희동이, 또치, 영희,

철수도 만나지 못했을 거예요. 또, 길동이도요.

길동이는 정말 연구 대상이에요.

툭하면 화내고, 툭하면 소리 질러요.

즐거운 일이 있어도 환하게 웃지 않아요.

미안하다거나 고맙다는 말도 쉽게 하지 못해요.

그런데 놀랍게도 나를 집에 머물게 해 주었어요.

알고 보니 둘리도 길동이 덕분에 이 험난한 여행지에서

따뜻하게 살고 있었어요.

길동이는 정말 겉과 속이 다른 인간이죠?

그래서 귀여울 때도 있지만 안쓰럽기도 해요.

서투른 감정 표현 때문에 곧잘 오해를 받거든요.

이곳은 내가 원했던 목적지는 아니지만
난 지금은 이곳에서 아주 즐거운 시간을 보내고 있어요.
길동이에게 구박 받아 맘 상할 때도 있고,
둘리와 말다툼을 할 때도 있지만
훗날 깐따삐야 별로 돌아가면 이 순간이 그리울 거예요.
난 그래서 떠남이 좋아요.
좋은 일이든 나쁜 일이든 많은 것을 경험할 수 있기에,
여행은 내 삶의 한 부분이 돼 버렸어요. 내가 태어나
살고 있는 세상만이 전부가 아니라는 것을 알게 됐죠.
책에서 읽을 수 없는 사람들의 이야기를
길 위에서는 읽을 수 있어요.
일생 동안 내가 살던 별에만 머물면서 길동에 대한
이야기를 들었다면 '뭐 그런 사람이 다 있어?'라고
생각했을지도 몰라요. 하지만 떠남의 경험은
세상을 바라보는 눈을 달라지게 만들죠.
둘리와 함께한 지난 36년간의 여행은
우리 삶의 가장 특별한 여행이 됐어요.
사랑하는 이들이 많아졌기 때문이죠.
어쩌면 우리 인생도 그렇지 않을까요?

우리가 가는 길에 대단한 뭔가는 없을지도 몰라요.

길을 걷는 동안, 사는 동안

사람을 만나고, 함께 쉬며 서로에 대해 알아갈 뿐이죠.

외롭지 않게 토닥여 주고, 힘들 때는 웃어 주면서요.

언젠가 난 고향으로 돌아가야 해요.

모든 여행이 그렇듯, 언젠가 작별의 순간이 오겠죠.

그때가 오면 많이 울지도 모르겠어요.

하지만 지금은 지도 위의 여정만을 생각할래요.

아직 일어나지 않은 일을 미리 마음 아파하기보다는

이 순간 끝없이 떠나고 있는 나 자신에게 집중할래요.

이 초록별에서의 특별한 여행을

가장 잘 즐길 수 있는 방법이니까요.

|차례|

 길동이표 요술 지우개

• 우리는 언제나 떠나고 있죠 ⋯ 20

• 과장님의 암호는 무엇입니까? ⋯ 23

• 숨 가쁘면 잠시 멈춰요 ⋯ 24

• 내 기분은 내가 정해요 ⋯ 27

• 미래는 당신 손바닥 안에 있어요 ⋯ 29

• 도망친다고 두려움이 사라지진 않아요 ⋯ 30

• 스트레스는 적극적으로 치워 내세요 ⋯ 33

• 길이 보이지 않아 방황하고 있어요? ⋯ 34

• 중요한 것부터 하나씩 체크해 봐요 ⋯ 37

• 지금 여기에서 벗어나고 싶을 때는 ⋯ 38

• 과장님, 운이 없다고 한탄하지 말아요 ⋯ 41

• 잘 보이진 않지만 봄은 오고 있어요 ⋯ 43

• 어제의 고난은 오늘의 승리로 ⋯ 45

• 잃어버린 것에 미련 갖지 말아요 ⋯ 46

• 끊임없이 변하는 세상은 기회예요 ⋯ 49

• 요술 지우개는 정말 없을까요? ⋯ 50

• 힘내요, 떠나려는 당신아 ⋯ 52

🦷 1983, 쌍문동 인생극장

삶이 그대를 속이면　56

사실 당신도 삶을 속이죠　58

돈이 없어 불행한가요?　61

오늘 하루 즐거웠어요?　62

바라는 것이 많을수록 나를 속이는 일도 많아져요　65

고기잡이 그물에 고기가 잡히지 않을 때도 있어요　66

자신의 삶에 가격표를 붙이지 말아요　69

그대가 원하는 삶을 살아요　70

애당초 예측 불가한 것이 인생이에요　73

과감하게 발걸음을 돌려요　75

세상엔 좋은 사람들이 더 많아요　76

오늘 하루만큼은 힘내지 말아요　79

지난 얘기 자꾸 하면 뭐해, 머리만 아프지　81

부정적인 생각은 당신을 불행하게 만들어요　83

삶은 인터넷 검색으로 찾을 수 없어요　84

만화 시작할 때 과장이었는데, 지금도 과장이야?　86

열심히 산다는 건　88

둘리도, 길동 아저씨도, 모두 한 번 사는 삶

- 긍정의 주문을 외워요 ··· 92
- 나를 보듯 다른 이를 봐요 ··· 95
- 매일 오 분쯤 공상의 나래를 펼쳐요 ··· 96
- 마땅히 할 일과 즉시 멈춰야 할 일을 구별해요 ··· 99
- 아직 일어나지 않은 일을 가방에 담지 말아요 ··· 101
- 당신 선택은 최선이었어요 ··· 102
- 익숙하지 않은 일도 기꺼이 해요 ··· 105
- 당신을 하나의 틀에 가두지 말아요 ··· 107
- 꿈을 꾸되 현실을 응시해요 ··· 109
- 내가 좋아하는 일을 찾아요 ··· 110
- 실수는 나의 쿠폰 ··· 113
- 곁에 두어요 ··· 115
- 친구는 내 삶의 거울이에요 ··· 117
- 아무리 바빠도 취미 생활을 즐겨요 ··· 119
- 당신만의 마음사전을 만들어요 ··· 121
- 생각 안 해도 되는 건 생각하지 말아요 ··· 122
- 자신감을 가져요 ··· 124

과장님이 꿈꾸는 보고서 없는 나라

· 길 위의 들꽃이 훨씬 아름다워요 · 128

· 지도 속에 거울이 있어요 · 131

· 혼자 떠나도 혼자가 아니에요 · 133

· 지금 이 순간에 집중하는 나 · 135

· 낯선 것이 위험한 건 아니에요 · 137

· 만약 누군가와 함께 걷고자 한다면 · 139

· 세상은 넓고 인생은 짧아요 · 141

· 한 권의 책과 같은 이 세상에서 · 143

· 보고서 없는 나라 · 145

· 그곳에서 삶을 배워요 · 146

· 마음에 맡기세요 · 148

· 모든 것을 배낭에 다 담으려 말아요 · 151

· 아는 길만 걷는 것은 안전해요 · 153

· 여행이 행복한 건 · 155

· 떠나지 못하게 당신을 붙잡는 이유를 찾아봐요 · 157

· 여행이란 단지 장소 이동이 아니에요 · 158

· 목적지에 닿아서 행복한 것이 아니에요 · 160

 식객들의 가장, 길동 아저씨의 인생여행

• 가족이 짐으로 느껴지나요? *** 164

• 그럼에도 길동 아저씨는 순간순간 외로워요 *** 167

• 혼자 힘내지 말고 함께 힘내요 *** 168

• 자신의 욕구를 외면하지 말아요 *** 171

• 사는 게 이런 거지 *** 172

• 좋은 집은 구하는 것이 아니라 만들어지는 거예요 *** 175

• 길동 아저씨는 과일 나무예요 *** 177

• 힘들었을 오늘도 *** 179

• 뒷모습으로만 기억되지 말아요 *** 180

• 길동 아저씨에게 가장 익숙한 표현은 투덜거림이죠 *** 182

• 아무도 몰라주는 길동 아저씨 마음 *** 185

• 어느 날, 어른이 돼 버렸어요 *** 187

• 가야 할 길은 멀지만 조급하지 않아요 *** 189

• 행복한 가족은 서로 닮아 가요 *** 190

• 어른도 아이처럼 시행착오를 거쳐요 *** 192

• 아프지 말아요, 우리의 가장 길동 아저씨 *** 195

• 앞으로도 그렇게 사시겠습니까? *** 196

둘리
일억 년 전으로부터
빙하를 타고 지구로
온 아기공룡

도우너
우주여행 중 지구에
불시착한 깐따비야
별의 잘생긴 외계인

또치
라스베이거스
서커스단에서 탈출한
용감한 타조. 고향으로
돌아가는 게 꿈

희동이

둘리를 따라 어디든지
갈 수 있는 막무가내의
용감한 아기

마이콜

래퍼, 개그맨, 가수 등
수시로 꿈이 바뀌는
백수 총각

고길동

겉으로는 식객들을
구박하지만 결국 그들을
먹여살리는 가장

길동이표 요술 지우개

우리는 언제나
떠나고 있죠

푸른 별에 불시착한 순간
우리의 여정은 시작되었어요.
어떤 여정을 계획하고 있나요?
아님, 무계획이 계획인가요?
무엇이든 괜찮아요.
당신의 마음이 원하는 대로 걸어가면 돼요.

과장님의 암호는
무엇입니까?

다른 이를 통해 빛나려 하지 말아요.
당신 스스로 기막히게 빛날 수 있어요.
우리는 내적으로 그런 기능을 탑재하고
이 낯선 곳으로 떠나온 거예요.
"깐따삐야!"라고 주문을 외워 봐요.
아무 일도 안 일어날 것 같나요? 💜

♥

숨 가쁘면

잠시 멈춰요

무리해서 걷지 말아요.

다른 이의 보폭에 맞추려 하지 말아요.

많이 힘들면 무거운 짐 내려놓고 쉬어요.

잠시 내려놓는다고 우주가 무너지지는 않아요.

물론 당신도 죽지 않아요. ♥

......

날이 어두워
지는데 어딜
갔을까?

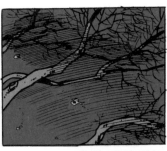

저 별은 엄마 별.
저 별은 아빠 별.
저 별은 영희 별.
저 별은 철수 별.
저 별은 나의 별.
저 별은 희동이 별.

아냐. 아냐
희동이 별은
없어!!

......

그래도
그 녀석이
귀엽긴 했어...

그래.
저기 제일
조그만 별이
희동이 별이야.

내
기
분
은

내
가
정
해
요

사장님도, 부장님도, 차장님도
오늘 과장님의 기분을 결재할 수는 없어요.
오늘의 기분은 행복으로 정해 보세요.
오늘 당신 기분은 어떤가요?
떠나는 날에도, 돌아오는 날에도
나만의 일기장에 기록해 봐요.
오늘의 내가 어떠한지.

미래는 당신
손바닥 안에 있어요

현재를 당신의 손안에 두면

미래 역시 당신의 손안에서 벗어나지 못해요.

공깃돌처럼 내 계획을 마구 던져 봐요.

걱정 말아요.

그 작은 조각들을 절대 잃어버리지는 않을 테니까요.

그대로 당신 손안에 있을 테니까요. 💜

도망친다고 두려움이
사라지진 않아요

실체가 없는 두려움은
우리가 어딜 가든 집요하게 따라붙어요.
등을 보일수록 두려움의 힘도 더 강해지죠.
차라리 두려움을 마주 보고 그 실체를 응시해요.
그럼 그곳에 있는 건
'두려움'이 아니라
'두려움을 만드는 나'만이 있다는 것을
알게 될 거예요. 💜

스트레스는
적극적으로
치워 내세요

우린 스트레스를 받을 때
제일 먼저 자기 마음부터 속여요.
'괜찮아. 이 정도쯤이야.' 라고 자기 마음을
다독이기도 해요.
하지만 몸은 속일 수 없어요.
몸은 마음보다 더 솔직하게 반응해 버려요.
'지금 당장 스트레스 받는 상황을 해결해.
안 그러면 아파 버리겠어.' 하고요.

길이 보이지 않아
방황하고 있어요?

세상엔 정말 많은 길이 있어요.
한길로 쭉 뻗은 길이 있는가 하면,
걷기 힘든 구불구불한 길도 있죠.
때로는 길 자체가 보이지 않아
어디로 가야 할지 모를 때도 있어요.
그러나 보이지 않는 길은
끊어졌거나
사라진 게 아니에요.
그냥 눈에 보이지 않을 뿐이죠.
당신이 쓰고 있는 안대를 풀어 봐요.
길은 그곳에 있어요.

중요한 것부터
하나씩 체크해 봐요

돈 문제, 사람 문제, 일 문제…….
한번에 덮쳐 오면 혼란스럽죠.
모든 걸 한 번에 해결할 수는 없어요.
우선순위를 정해요.
중요한 것부터 하나씩 체크하다 보면
내가 가장 먼저 해야 할 일이 무엇인지
쉽게 알 수 있을 거예요.

지금 여기에서
벗어나고 싶을 때는

바빠서 만나지 못했던 친구와 약속을 잡고,
맛있는 저녁을 먹고 마음껏 수다를 떨어요.
우리 인생에서 중요한 무언가는
어딘지도 알 수 없는 머나먼 곳에 있는 게 아니에요.
바로 오늘,
바로 이곳에 또는 저곳에 있어요.

풀 풀 풀

풀 풀...

아까보다는 났다.

횡?

맞바람 때문에 보안경이 있어야 겠어

풀 풀 풀 풀

풀 풀 풀...

→ 철수 망원경.

이크! 저게 뭐냐?

저것을 봤나?

풀 풀 풀 풀 ....

풀 풀 풀

풀 풀

이크! 이건또 뭐야?

무임 승차 하지 마!!

끼리

걷다가 만약 돈을 주웠다면
내일 그 돈만큼의 다른 것을 잃을 수도 있어요.
우연히 무언가를 얻었다면
우연히 무언가를 잃는 것이 인생이에요.
그러나 지금 당신이 가지고 있는 것은
당신의 노력이 깃든 것들이죠.
이보다 더 귀한 것을 본 적이 있나요?
당신 혼이 깃든 티켓은
당신을 더 좋은 곳으로 데려다줄 거예요.

끼야악!

......

......

그래도 난 아저씨를 사랑할거야. 나 만큼 불쌍하니까.

내가 왜 불쌍해?

불쌍하잖아요.

이 녀석이 이제 나를 고아 취급까지 하고 있어. 탁!

진짜 고아는 아니지만 아저씬 정신적 고아나 마찬가지예요.

인정 없고, 여유 없고, 양식 없고, 마음이 황폐하니까 정서적 고아죠.

그래도 전 아저씨를 사랑 할거예요. 그렇게 하기로 혼자 마음 먹었으니까.

......

나도 마음 먹었는데. 네 까짓 사랑 안 받기로 했다.

왜요?

잘 보이진 않지만 봄은 오고 있어요

땅속에서, 땅 위에서
계속 꼼지락거려요.
가끔 쉬기도 하고
가끔 더디게 움직이기도 하지만
당신 발아래에 봄은 이미 오고 있어요.
발끝으로 느껴 봐요.

고난의 시간을 견뎌 내는 동안에는
엄청난 에너지가 방출되죠.
하지만 빼앗긴 에너지는
당신의 특별 아이템으로 반송될 거예요.
그게 바로 여행이랍니다. ♥

잃어버린 것에 미련 갖지 말아요

물건이든, 기회든 소중한 걸 잃었다면
시선을 돌려 다른 쪽을 바라봐요.
새로운 무언가로 채우면 돼요.
실수한 시간을 되돌릴 수는 없지만
새로운 시간이 당신을 향해 이미 펼쳐져 있어요.
다른 방향으로 고개를 돌려 봐요.

끊임없이 변하는
세상은 기회예요

세상이 너무 빨리 변한다고
그 속도를 따라잡을 수 없다고
당황하고 있나요?
도망치고 싶나요?
변화는 우리를 힘든 상황으로 내모는
고약한 버릇이 있어요.
하지만 새로운 것을 보고
배울 수 있는 기회를 주기도 하죠.
두렵다고 뒷걸음질 치기보다
재미있다고 와락 달려들어 봐요.
새로운 변화가 당신의 친구가 될 수도 있어요.

요술 지우개는 정말
없을까요?

좋은 기억은 남겨 두고
나쁜 기억만 싹 지워 버릴 수 있는
요술 지우개 같은 게 있으면 좋을 텐데요.
하지만 없으면 또 어때요.
나쁜 기억은
똑같은 실수를 반복하지 않게 해 주잖아요.
그게 이미 마법인걸요. 💜

어떻게 어둠으로 점철된 과거위에 밝은 장래가 보여, 응?

알았어요.

뭘 알아 알긴, 네 까짓게...?

그럼 절더러 어떻게 하라는 거예요?

나가라고 순순히 나갈 녀석도 아니고...

으이그!

우다다다다...

우뚝!

찌릿 찌릿...!

저러다가 길동이 미치겠다?

글쎄 말이야.

생각 안해도 될걸, 생각하고 화 내고, 생각하고 화 내고...,

좋은 기억들은 남겨 두고, 나쁜기억들만 싹 지워 버릴수 있는

요술 지우개 같은게 있으면 좋을 텐데...?

힘내요, 떠나려는 당신아

아직도 떠나려는 길목 위에 서 있군요.
걱정하지 말아요.
길 위에 서 있기에 걸을 수 있고
수많은 순례자와도 만날 수도 있어요.
비록 짐은 무겁고
갈 길은 멀지만
우리는 계속 함께 걷고 있어요.
이제 옆도 보고, 뒤도 한번 돌아봐요.

1983,
쌍문동 인생극장

삶이 그대를 속이면

"몰라서 속냐? 알아도 속아 준다.

적당히 해."

이렇게 소리치세요.

삶이 당신을 속일 때 말이에요.

사실 당신도 삶을 속이죠

지루한 일상이 반복되면
간절하게 변화를 찾잖아요.
하지만 막상 변화가 찾아오면
겁을 먹고 뒷걸음질로 도망가려 하죠.
"나한테 왜 이래?"

돈이 없어
불행한가요?

우리가 필요한 것들 대부분엔 가격표가 붙어 있어요.

그런데 그거 알아요?

아무리 돈이 많아도

한 번에 바지 두 벌을 입지는 못해요.

지금 그걸로 충분해요.

오늘 하루 즐거웠어요?

내일은 더 즐거울 거예요.
멋진 배낭이 생길 수도 있고
한 켤레의 운동화가 올 수도 있고
완행열차표가 날아들 수도 있으니까요.
하지만 그건 삶이 그대에게 주는 선물이 아니에요.
당신 자신이 스스로에게 주는 선물이죠. 🤍

바라는 것이 많을수록
나를 속이는 일도
많아져요

많은 것을 바라더라도 괜찮아요.

무언가를 바라는 것도 삶의 에너지이니까요.

하지만 조심해요.

과도한 바람은 때로 눈과 귀를 막고

지혜로운 선택을 방해해요.

속지 말아요. 💜

고기잡이 그물에 고기가 잡히지
않을 때도 있어요

거센 파도는 종종 그물을 찢어 버려요.
그래서 바다죠.
하지만 바다는 결코 마르지 않아요.
당신이 언제든 다시 와서 그물을 내던질 수 있도록
바다는 거기에서 기다려 주고 있어요.

자신의 삶에
가격표를
붙이지 말아요

당신은 정찰제 상품이 아니에요.

스스로 생각하고 행동하는 나그네죠.

가난할 수도, 부유할 수도 있지만

나그네의 자유로운 발걸음에 가격표는 없어요.

바코드도 없지요.

그대가 원하는
삶을 살아요

다른 이가 기대하는 삶을 열심히 살고 있으면서
삶이 그대를 속인다고 투덜거리고 있진 않나요?
그대의 삶을 그대의 책임 아래 두어요.
그대가 원하는 삶이
그대의 삶이 될 수 있도록 되돌려 놓아요.

애당초 예측 불가한 것이

인생이에요

도우너가 이곳에 불시착했듯
길동 아저씨가 생각지도 못한 식객들을 품게 된 건
예측 가능한 인생 사건이 아니었어요.
하지만 그 덕분에 새로운 인연을 만나게 되었죠.
인생은 한 치 앞도 알 수 없지만
예측 없이 걸어가 보는 것도 나쁘지만은 않아요.

과감하게
발걸음을 돌려요

장소가 행복을 만들진 못해요.
하지만 어떤 공간은 행복을 주기도 해요.
만약 지금 있는 장소가 당신을 힘들게 한다면
행복해질 수 있는 장소로
과감하게 발걸음을 돌려요.

세상엔 좋은 사람들이
더 많아요

우리는 곧잘 그 당연한 사실을 잊어버려요.

비가 내리지 않아도 우산은 현관에 있어요.

좋은 사람들이 늘 당신 옆에 있는 것처럼 말이에요.

가끔씩 문을 열고 내다보세요.

생각지도 못한 사람이 나를 위로해 줄 거예요.

오늘 하루만큼은
힘내지 말아요

그냥 아무 고민 없이 오늘 하루를 보내 봐요.
무엇을 할까, 무엇을 먹을까 고민하지도 말아요.
그냥 아무 생각 없이 마음 가는 대로 움직여요.
수많은 날 중에 하루쯤은
그렇게 움직여도 괜찮아요.
오늘 하루만큼은 아무 걱정 말아요. 💜

지난 얘기 자꾸 하면

뭐해, 머리만 아프지

우리의 인생 선배 고길동은
둘리와 친구들에게 이렇게 말했죠.
지난 얘기는 지난 얘기.
다시 돌아오지 않는 추억일 뿐.
등 뒤의 닫힌 문 말고 내 앞의 열린 문을 보아요.

너희들 소원대로, 나쁜 기억은 잊고, 좋은 추억만 기억 하도록 해줄게.

탁!

샥!

?

오, 둘리!

에고, 사랑스러운 둘리. 귀여운 둘리.

뽀! 뽀! 뽀!

?

내 생명의 은인, 우리집 복둥이, 둘리, 둘리.

쓱 쓱

이제 모든게 다 잘 됐지? 난 또 다른 곳에 가봐야 겠어. 다들 행복해, 안녕!

부정적인 생각은
당신을 불행하게
만들어요

아무리 좋은 옷을 입고
아무리 맛있는 음식을 먹어도
결점부터 찾는다면 어떻게 즐거울 수 있나요?
좋은 것이 있으면 좋은 것에만 집중해요.
지금 그게 좋으면
향기도 깊이 맡고, 소리도 가만히 들어 봐요.

삶은 인터넷 검색으로
찾을 수 없어요

오늘도 갑질 한판 잘 견디셨나요?
하루 전투 잘하셨나요?
당신은 누구인가요?
잠시 멈추어, 신발을 벗고
맨발로 땅을 디뎌 보세요.
그리고 나서 고개를 들면
여기가 어디쯤인지 이정표가 보일 거예요.

만화 시작할 때
과장이었는데,
지금도 과장이야?

길동 아저씨는 만년 과장님.
둘리 만화 끝날 때까지 계속 과장이겠죠?
하지만 뭐, 어떻습니까!
우리는 만화로부터 훌쩍 떠나왔지만
세상은 아직도 저만치 끝나지 않은 것을요.
길동 아저씨 이야기는, 과장님의 이야기는,
계속 이어지고 있어요. 💙

열심히 산다는 건

당신에게 짊어진 의무를 열심히 이행하는 것만을 뜻하지 않아요.
당신이 마땅히 가져야 하는 권리도 열심히 찾아내야 해요.
꿈꿀 수 있는 권리,
즐거울 권리,
떠날 수 있는 권리.
당신을 행복하게 만드는 건 모두
당신이 찾아내야 할 삶의 권리예요.
열심히 찾으세요.

둘리도, 길동 아저씨도,
모두 한 번 사는 삶

긍정의 주문을 외워요

모든 언어에는 주술성이 있어요.
힘들다고 말하면 더 힘들어져요.
좋다고 말하면 더 좋아져요.
내가 하는 말이 내 마음을 움직여요. 🫶

나를 보듯
다른 이를 봐요

내가 힘들다고 느끼는 일은
다른 이에게도 힘든 일이에요.
내가 즐겁다고 느끼는 일은
다른 이에게도 즐거운 일이에요.
우린 서로 다르지만 또 많이 닮아 있죠.
그렇게 서로를 비추어 보면
한 번뿐인 그 순간이 소중해져요. ♥

매일 오 분쯤 공상의
나래를 펼쳐요

공상하는 시간은
아무것도 하지 않는 시간이 아니에요.
내가 살고 있는 세상과
세상에서 살고 있는 나를
상상의 미로 위에 그려 보는 시간이죠.
기발하고 재미있는 그림을 그리는 시간,
그 오 분의 일탈은
당신의 삶에 활력소가 될 수 있어요. ♥

지금 이 시점에 면허증이 문제야. 아, 세워 놓고 앞에 서 있기만 해도 얼마나 뽀대나겠어?

내가 한번 그려 볼게.

쓰윽~

"씨롱" 보다도 우아하고, "그랬죠" 보다 폼 나는 세계에서 최고로 좋은 차를 그려야지.

지익 직…

? ?

풍~!

이게 "씨롱" 보다도 우아하고, "그랬죠" 보다 더 좋은 세계 최고의 차 여요?

여기 거울 하나는 어디 있어?

네가 좀 한번 그려 봐라. 난 그림에 소질이 없어서 말이야.

수고하는 김에 전기 밥통, 전기 면도기, 냉장고, T.V. 카메라, 비디오도 그려 봐라.

…?

마땅히 할 일과
즉시 멈춰야 할 일을
구별해요

때로 우리는 잘못 들어선 길인 줄 알면서도
멈추지 못할 때가 있죠.
이제까지 걸어온 시간이 아까워서
멈춘 순간 모든 게 물거품이 될까 봐서
다른 길을 알지 못해서 우린 멈추지 못해요.
멈추지 못하는 이유는 수없이 많을 거예요.
하지만 멈춰야 하는 이유는 명료해요.
'이 길이 아니잖아.'
다른 누구도 아닌 자기 자신이 정확하게 알고 있잖아요.

아직 일어나지 않은 일을

가방에 담지 말아요

우린 지나치게 많은 걱정거리를 등에 지고 걸어요.
심지어 아직 일어나지 않은 일까지
가방에 다 담고서는
발걸음이 무겁다고 투덜거리죠.
아직 일어나지 않은 일은
등짐에서 가뿐히 내려놓아요.
발걸음이 가벼워야 길을 즐길 수 있어요. 🖤

당신 선택은

최선이었어요

세상의 모든 일은 선택의 문제예요.

식당에서 메뉴를 정하는 사소한 문제부터

진로를 정하는 중요한 문제까지

선택을 요구받지 않는 순간은 우리 삶에 거의 없어요.

마음이 힘들면 선택도 힘들어요.

마음이 편하면 선택도 편해요.

하지만 어떤 선택도 그것을 선택한 순간만큼은

당신의 최선이었음을 의심하지 말아요.

당신보다 더 당신을 잘 아는 사람은 없잖아요. ❤

익숙하지 않은 일도
기꺼이 해요

익숙한 일은 습관이에요.
습관을 벗어나는 건 두려운 일이죠.
하지만 습관으로부터 떠나가면
내가 할 수 있는 일이 더 많아져요.

당신을 하나의 틀에
가두지 말아요

세상 그 어떤 사람도
당신을 '어떠한 사람'으로 규정할 수 없어요.
당신은 당신의 의지에 따라 얼마든지
자유롭게 움직일 수 있어요.
당신은 상황에 따라 자유롭게
변화를 꾀할 수도 있어요.
스스로를 '어떠한 사람'이라는 틀에
가두지만 않는다면
당신이 머무는 세상의 크기가 달라져요.

꿈을 꾸되
현실을 응시해요

꿈은 삶을 바꾸는 힘이 있어요.
하지만 현실을 제대로 응시하지
못한 채로 꾸는 꿈은
그냥 꿈인 채로 머물 뿐이죠.

어떠한 일이든 그 일을 잘하려면
시간과 노력이 필요해요.
좋아하지 않는 일에 들이는 시간과 노력은
고역이 되어 버려요.
하지만 좋아하는 일에 들이는 시간과 노력은
삶의 행복이 되죠.
당연히 잘할 수밖에 없어요. ♥

실수는 나의 쿠폰

만약 누군가
한 번도 실수를 한 적이 없다고 말한다면
그 사람은 자신의 삶에서
한 번도 새로운 것에
도전한 적이 없는 사람이에요.
실수는 도전하는 사람에게 주어지는 혜택이에요.
새로운 길을 만들어 나가는 자양분이에요.
도전하는 자에게 주어지는 쿠폰이죠.

알고 보면 너도 꽤 잘 생기고, 꽤 착하고 꽤 멋진 녀석이야.

이때까지는 잘 몰랐는데.

너의 짠빵같은 불때기에 오만가지 복(福)이 있고.

삼술궂게만 보이던 눈에는 지성미가 넘쳐 흐르고, 펑퍼짐한 그 히프에 재운이 따르고, 너의 그 푸대자루 같은 꼬리에 인덕이 있나 봐.

박박.. ....?

정말 이세요?

거짓말이야.

신경 쓰지마. 괜히 해 본 소리야. 오늘 만우절 이잖아?

평소에 거짓말만 하는 사람은 4월1일엔 참말만 한대요. 참말이죠?

둥!

야, 그럼 내가 평소에 거짓말만 했단 말이냐?

했잖아요!

박박.. 찰찰.

곁에 두어요

길고 험난한 길을 함께 여행할 친구가 있나요?
친구 없이 걷는 길만큼 쓸쓸한 길은 없어요.
그렇다고 어느 날 갑자기
누군가 툭! 나타나 당신의 친구가 되진 않아요.
누군가와 친구가 된다는 건
서로의 정성과 시간을 주고받는 일이에요. 💜

친구는 내 삶의
거울이에요

좋은 친구를 얻는 가장 빠른 방법은
내가 좋은 친구가 되는 거예요.
나를 믿어 주는 친구가 없는 건
내가 그 친구를 믿지 않았기 때문이에요.
나와 함께할 친구가 없는 건
내가 그 친구와 함께하지 않았기 때문이에요.

아무리 바빠도 취미 생활을 즐겨요

독서, 게임, 운동, 여행, 산행
뭐든 좋아요.
취미는 당신을 당신답게 만드는
또 하나의 삶이에요.
그 시간만큼은 온전히 당신 거예요.
당신만의 시간 속으로 완전하게 떠나요.
그래야 시달릴 때도 힘을 낼 수 있거든요.

달그락… 달그락…

벌떡…

?

삭!

삐유…

?

뭐 해?

이 생각, 저 생각, 내 신세 생각을 하니.

차 오르는건 설움이오, 가라앉는건 썩는 속이니, 커피나 한잔 하며 풀려고요.

뭐?

더 발전하면 술 한 잔 하자는 소리 나오겠다?

그런 소리 안 나오게 저 좀 행복하게 해 주세요?

행복은 스스로 찾는거야?

어디서 찾죠?

나도 몰라, 하지만, 우리 집은 아냐!

아니예요…

?…?

당신만의 마음사전을 만들어요

흔히 말하는 성공은

행복보다 압박감을 줘요.

성공의 사전적 의미는

중요하지 않아요.

차라리 당신만의 마음사전을 만들어요.

그 안에 작고 소중한 일상의 행복을 적어 보세요.

그리고 그 행복을 느껴 보세요.

진실된 행복이야말로 성공일 테니까요.

생각 안 해도 되는 건 생각하지 말아요

생각 안 해도 될 걸 생각해서는

화내고 있지는 않은가요?

둘리는 말하죠.

"아저씨 참 병이야. 밝은 미래도 있는데,

꼭 지난 과거를 들춰내서 장래를 망치고 싶으세요?"

자신감을 가져요

당신을 빛나게 하는 것은 자신감이에요.
당신을 행복하게 할 수 있는 힘도 자신감이에요.
낯선 곳에서 많은 것을 잃어버리더라도
자신감만큼은 잃어버리지 말아요.

과장님이 꿈꾸는

보고서 없는 나라

길 위의 들꽃이
훨씬 아름다워요

여행을 떠나면 길 위에서 많은 것을 봐요.
그리고 알게 되죠.
우리가 애썼던 그 수많은 온실 속의 일들이
사실은 그다지 중요한 일은 아니었다는 것을요.

지도 속에
거울이 있어요 ♥

낯선 곳에서 진정한 당신을 발견할 수도 있어요.
떠나야만 마주할 수 있는 것들이 있어요.
낯선 도시, 낯선 마을, 낯선 사람
미처 몰랐던 나 자신을 그곳에서 마주하게 돼요. ♥

♥

혼자 떠나도
혼자가 아니에요

수많은 나그네들이 길 위에 있어요.
서로를 알아보고 서로에게 말을 걸죠.
내가 내 마음을 닫지 않는다면
아무리 외지고 낯선 곳이라 해도
거기엔 친구가 있어요. ♥

지금 이 순간에
집중하는 나

여행지에서의 첫 번째 경험은 바로 나 자신이죠.

때때로 우린 모르는 것이 참 많다는 생각을 해요.

심지어 내가 모르는 나를 경험하곤

깜짝 놀라기도 해요.

하지만 새로운 도시에 가면

온전한 내가 그곳에 있다는 걸 매순간 느껴요.

그래서 여행은 어쩌다 잊어버린 나 자신을

보석처럼 찾아내는 과정이에요.

낯선 것이 위험한 건 아니에요

우리는 나와 다른 걸 두려워하죠.

그래서 비슷한 것만 찾으려 해요.

그게 안전하다고 여기니까요.

떠난다는 것은

위험 속에 스스로 발을 들이는 일이 되곤 해요.

하지만 우리를 정작 위험하게 만드는 건

다른 것을 두려워하는 우리의 편견이에요.

편견을 깨면 우리의 여정은 편안하고 안전해져요.

만약 누군가와
함께 걷고자 한다면

그렇다면 친한 사람 말고
영혼의 취향이 같은 사람이랑 함께해 봐요.
어디로 갈지, 무엇을 먹어야 할지
무언가를 선택하는 순간에
같은 마음으로 '이거다!' 할 수 있는
그런 사람과 말이에요. 💜

세상은 넓고
인생은 짧아요

많은 사람들이 이렇게 말하죠.

"젊을 때 열심히 살고, 나이 들면 여행 다녀야지."

물론 나이 든 후에 세상을 구경하는 것도

나쁘지 않아요.

하지만 지금이 아니면 경험할 수 없는 것이 있어요.

나이는 숫자에 불과하지만

경험은 나이에 따라

다른 풍경으로 우리 삶에 다가오거든요.

한 권의 책과 같은
이 세상에서

내가 머무는 곳의 페이지만 읽기는 아깝잖아요.
다른 페이지를 넘기면
새로운 세상을 읽을 수 있어요.
그래서 문을 열고 떠나는 거예요.
새로운 페이지를 통해
다른 세상으로 가기 위하여.

보
고
서 없
는 나
라

떠난다는 것은 많은 것을 경험하며
구경할 수 있는 하나의 과정이에요.
이 과정에는 실수도 있고
낯선 곳에서만 겪는 두려움도 있어요.
대신 무언가를 꼭 해야만 하는 압박감은 없죠.
여행에 완성이라는 것은 없으니까요.
완성형 보고서도 필요 없어요.

♥

그곳에서 삶을 배워요

흔히 삶을 여행과 비교하죠.

한 치 앞도 알 수 없는 불확실성이

쌍둥이처럼 닮았다고요.

하지만 그건 틀린 말이에요.

삶과 여행은 달라요.

삶은 태어난 순간 주어지는 공간이지만

낯선 세상은 용기가 있어야만 비로소 다다를 수 있죠.

용기를 가지고 떠나 봐요.

그럼 비로소 알게 될 거예요.

삶에서도 그와 같은 용기가 필요하다는 것을. ♥

우린 언제 집에 갈거야?

? 통!

집에 가면 뭐 하나? 떡 해 놓고 기다릴 사람도 없는데...? 난 여기가 수억배 더 좋다!

사나운 건동이도 없고, 신경질 나는 심불이도 없고, 둘리는...?

그럼, 그럼. 정 붙이고 살면 고향이지.

정 붙일데가 없어서 바다 한 복판에 정 붙여?

그래도 붙이고 살아야지 죽기 싫으면...

도대체 우리가 어디 쯤 와 있는 게야.

대서양이나 태평양 어디 쯤 가 있겠지 뭐...

아니, 그럼 집과는 점점 반대 방향으로 가고 있는 거잖아?

지구를 한 바퀴 빙 돌아서 언젠가는 제 자리 찾아 가겠지 뭐.

넓고 넓은 바닷가에 오막살이 집 한채 고기잡는 부친과...

쏴아

쏴아...

마음에 맡기세요

지금 있는 곳에서 떠날 수 있게 하는 건
그대의 두 발이 아니라
자유로운 마음이에요.
발에 맡기지 말고
마음에 맡기세요. ♥

모든 것을 배낭에
다 담지 말아요

어느 곳에 가든
우리에게 필요한 모든 것은 이미 거기에 있어요.
모든 것을 다 준비하지 않아도 괜찮아요.
모든 짐을 다 등에 올리지 않아도 괜찮아요.
그때그때 필요한 것을 찾으면 돼요. 💜

아는 길만 걷는 것은
안전해요

하지만 그런 익숙한 길 위에서는
내가 진짜 어떤 사람인지
알아채기 힘들어요.
누구나 다 걷는 길을
나 역시 습관처럼 걷고 있을 뿐이니까요.
하지만 낯선 길을 걷다 보면
내 발걸음의 속도와 내 시선이 향하는
그곳을 직관적으로 알게 돼요.

여행이 행복한 건

돌아갈 별이 있기 때문이에요.
반복되는 일상은
때로 우리를 지치게 만들어요.
하지만 여행지에서 걷다가
최고로 고단한 순간에
제일 그리운 게 뭔지 알아요?
그 진절머리 치던 반복의 일상들이죠.

떠나지 못하게
당신을 붙잡는
이유를 찾아봐요

때때로 못 견디게 떠나고 싶다면
과감하게 짐을 꾸려요.
당신을 떠나지 못하게 하는 이유가 많다면
그 이유를 노트에 쓴 후 하나씩 삭제해 봐요.
그럼 당신이 떠나지 못할 이유가
사실은 하나도 없었다는 것을
알게 될지도 몰라요.

여행이란 단지
장소 이동이 아니에요

늘 닫혀 있던 창을 활짝 열고
상큼한 공기를 들이마시는 일이에요.
앞으로의 시간에
더 다채로운 색을 입히고
그동안 피곤에 지친 나에게
새로운 에너지를 주는 일이죠.

목적지에 닿아서 행복한 것이 아니에요

여행은 그 과정에서 행복을 느끼게 하죠.
익숙하지 않은 것들이 많을수록
여행자의 행복은 깊어져요.
그리고 알게 되죠.
이 여행의 목적지는 바로 자기 자신이었다는 것을.

식객들의 가장

길동 아저씨의 인생여행

가족이 짐으로
느껴지나요?

가장의 배낭은 제일 무겁죠.
그 어깨가 가끔 아프고, 무너질 것 같아도
'할 수 있어!'라고 스스로 다독이는 건
힘이 되어 주는 가족이 있기 때문이에요.
짐 말고 힘!

3시 56분.

나비야 고맙다. 저기가 우리 집 이야 살살 내려 줘.

3시 58분..

어.어?

어?

몸이 커진다.

?

파닥 파닥

파닥

지금 이러 면 안되는데..?

푹!

철퍽

?

?

?

땡 땡 땡 땡

응. 그러니까 이런 경우 딱 24시간이 지나야 제 모습으로 돌아오는 거거나, 그것도 모르고..

아저씨 보고 싶었찌... (아저씨 보고 싶었어)

이제 죽어도 다시는 겁 안떨날 거야

와락

미치지...

그럼에도
길동 아저씨는
순간순간 외로워요

가족과 함께 있어도 외로워요.

진정한 자신은 그 속에 없는 것 같아요.

그런데 애초 진정한 자신은 혼자 완성되는 게 아니에요.

우린 태어날 때부터 함께였죠.

이 여행을 끝내고

각자의 별로 돌아갈 때까지 늘 외롭겠지만

결코 혼자 완성될 순 없어요.

혼자 힘내지 말고
함께 힘내요

너무 혼자 애쓰지 말아요.
혼자 다 감당하지 말아요.
가장은 홀로 견디는 사람이 아니라
가족과 함께 사는 사람이에요.
힘을 함께 모으면 모래밭의 거대한 배도
물 위에 가볍게 띄울 수 있지요. 🦋

자신의 욕구를 외면하지 말아요

자기 욕구를 외면한 상태에선
타인과의 진짜 관계를 만들 수 없어요.
"혹시 짜장면을 싫어해?"라고 묻지 말고
'함께 짜장면 먹자!'라고 말해요.
괜찮아요.

'하고 많은 집 중에 하필 우리 집에 와서는……'
길동 아저씨는 늘 한탄해요.
처음은 둘리였고, 두 번째는 도우너,
거기에 또치까지 합류했죠.
왜 하필 길동 아저씨 집이었을까요?
살다 보면 정답을 찾지 못할 때가 많아요.
그래서 길동 아저씨는 곧잘 이렇게 말해요.
"사는 게 이런 거지."
금은보화 대신 식객들이 우르르 쏟아졌지만
그게 우리 여행의 시작이었는걸요.

172

좋은 집은
구하는 것이 아니라
만들어지는 거예요

집은 한낱 사물에 불과하지만
그 집을 채우는 건 사람이에요.
집을 집답게 만드는 것도 사람이죠.

길동 아저씨는 과일 나무예요

뿌리를 박고 서 있는 과일 나무는
항상 두 팔을 벌리고 있죠.
온갖 새가 날아들고
때가 되면 열매도 맺어요.
그런데 누가 알까요?
열매를 맺기 위해 나무는
비바람을 견뎌 내고
가문 날 뜨거운 태양에 허덕인다는 것을요.

힘들었을 오늘도

잘 견뎌 냈어요.

이른 아침 출근한 일터에서

얼마나 많은 사건들이

당신의 마음을 다치게 했을까요.

그래도 오늘 하루 잘 견뎌 냈어요.

떠날 자격 있지만 안 떠난 당신.

그래서 위대해요.

뒷모습으로만

기억되지 말아요

아무리 바빠도 가족과 함께해요.

그러려고 일하는 거잖아요. 💜

길동 아저씨에게
가장 익숙한 표현은
투덜거림이죠

연민이 없다면 식객들을 들이지 않았을 거예요.

사랑이 없다면 식객들의 말썽을

참지 않았을 거예요.

하지만 그 마음을 표현하는 방법을 몰라요.

지난날 우리 아버지가 그랬듯.

아버지가 된 당신이 그러하듯.

아버지가 될 당신이 예감하듯.

길동 아저씨도 그런 거죠.

아무도 몰라주는
길동 아저씨 마음

'말도 안 돼!
눈물 빼고
인정 빼고
사랑 빼면
뼈밖에 안 남을 내게.
사랑이 부족하다니…….'

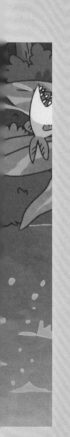

어느 날,
어른이 돼 버렸어요

이미 어른이 된 길동 아저씨의
어린 시절을 떠올리는 사람은 없어요.
초능력자 둘리도
길동 아저씨의 어린 시절을 상상하진 못해요.
누가 알까요?
길동 아저씨의 마음속엔 아직까지도
둘리나 도우너처럼 신나고 색다른 모험을 꿈꾸는
어린아이가 살고 있다는 것을요. ♥

가야 할 길은 멀지만
조급하지 않아요

길동 아저씨는 서두르지 않아요.
처음부터 함께한 가족들과
어느 순간 가족이 된 식객들과
늘 보조를 맞추며 천천히 걸어가요.
급하게 뛴다고 더 행복해지지 않는다는 걸
만년 과장 길동 아저씨는 이미 알고 있어요.

행복한 가족은
서로 닮아 가요

길동 아저씨와 둘리는 생긴 건 다르지만
투덜거리는 건 정말 닮았죠.
서로 챙겨 주는 마음은 있지만
아닌 척하는 것도 닮았어요.
앞으로 각자의 별로 돌아갈 때까지
또 얼마나 많이 닮아 갈까요?

어른도 아이처럼
시행착오를 거쳐요

나이를 먹는 만큼 자동으로

지혜가 업그레이드되는 건 아니에요.

어른도 아이처럼 시행착오를 겪고

어른도 아이처럼 방황하는 여정을 거쳐요.

어른이 아이와 다른 점은 경험이 많다는 것뿐이죠.

경험은 때로 지혜로 전환되지만

몸과 마음을 상처투성이로 만들기도 해요.

인생의 지혜는 뜻밖의 길목에 있는지도 몰라요. 💜

아프지 말아요,

우리의 가장

길동 아저씨

몸은 물론이고

마음도 아프지 말아요.

가장이라서가 아니라

과장이라서가 아니라

가족의 사랑을 받는 소중한 님이니까요.

아프지 말아요.

가장님, 과장님!

당신을 사랑하세요.

앞으로도 그렇게 사시겠습니까?

둘리가 물었어요.
행복이 뭔가요?
"무명 만화가는 기똥차게 재밌는 만화를 만들 때 행복하고,
장사하는 이는 돈 많이 벌 때, 제비는 강남 갈 때,
나, 고길동은 둘리가 사라질 때 행복하지."
아저씨는 행복을 하나로 규정하지 않았어요.
행복이란?
당신은 당신만의 답을 말하면 돼요.

둘리, 고길동을 부탁해

아기공룡 둘리 원작

초 판 1쇄 발행 2019년 4월 8일
개정판 1쇄 인쇄 2023년 5월 12일
개정판 1쇄 발행 2023년 5월 19일

원작자 김수정
엮은이 김미조
펴낸이 정중모
펴낸곳 도서출판 열림원

출판등록 1980년 5월 19일(제406-2000-000204호)
주소 경기도 파주시 회동길 152
전화 031-955-0700
팩스 031-955-0661   페이스북 /yolimwon
홈페이지 www.yolimwon.com   트위터 @yolimwon
이메일 editor@yolimwon.com   인스타그램 @yolimwon

주간 김현정 책임편집 이서영   마케팅 홍보 김선규 최가인
편집 조혜영 황우정 김민지   온라인사업 서명희
디자인 강희철   제작 관리 윤준수 이원희 고은정 구지영

ⓒ Illustration (주)둘리나라

ISBN 979-11-7040-190-2 04800
       979-11-7040-185-8 (세트)

만든이들_ 편집 서경진 조정우 본문디자인 권순영